神奇許願系列 2

내 멋대로 나 뽑기

隨我心意選自己

崔銀玉(최은옥)／著　金鵡妍(김무연)／繪　劉小妮／譯

目錄

我不喜歡我自己

敏茱停下沉重緩慢的腳步，長長地嘆了口氣。

「唉！」

隨著嘆出來的氣，她的肩膀更加下沉了。即使走得比烏龜、樹懶還要慢，敏茱還是走到了校門口。她斜眼看了一下掛在校門上方的橫布條，那個布條隨著風輕輕地搖晃著，彷彿是在咯咯地嘲笑她。

女兒！加油

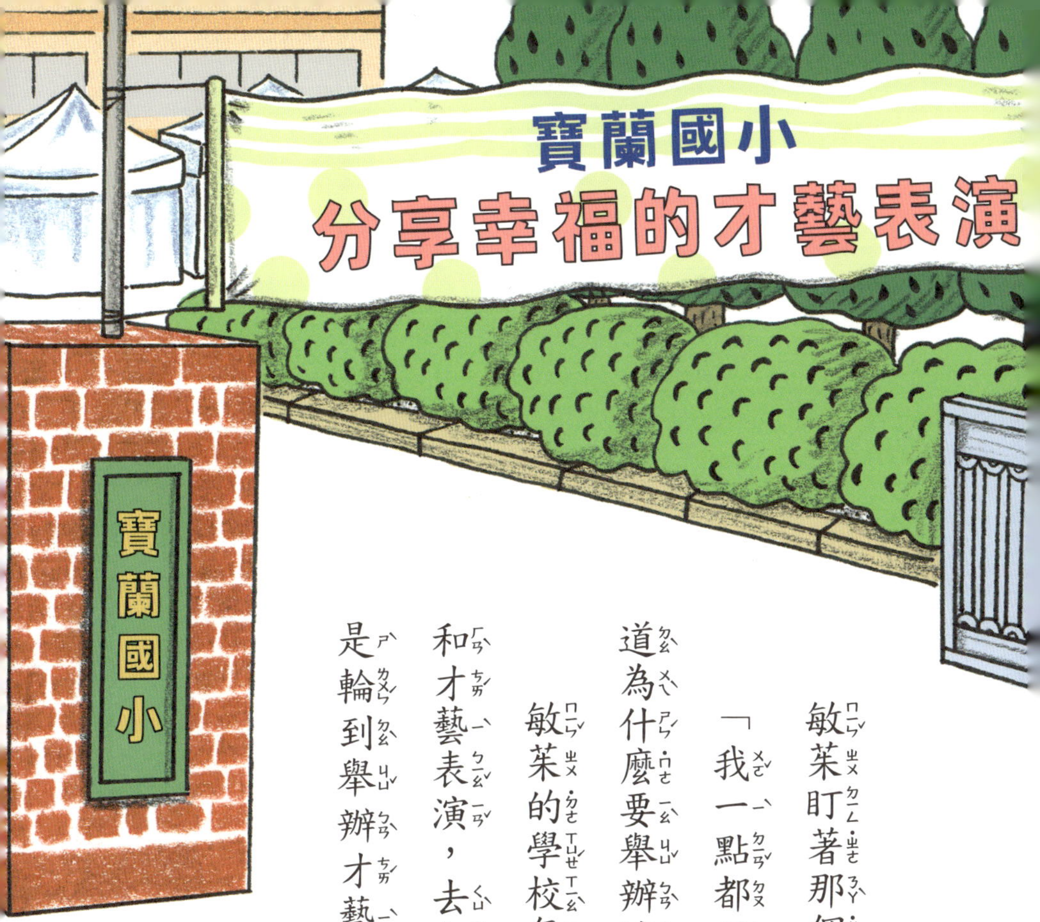

敏茉盯著那個布條，嘴裡嘟囔著：

「我一點都不覺得幸福啊！真的不知道為什麼要舉辦這個才藝表演！」

敏茉的學校每年都會輪流舉辦運動會和才藝表演，去年是舉辦運動會，今年則是輪到舉辦才藝表演。這個才藝表演除

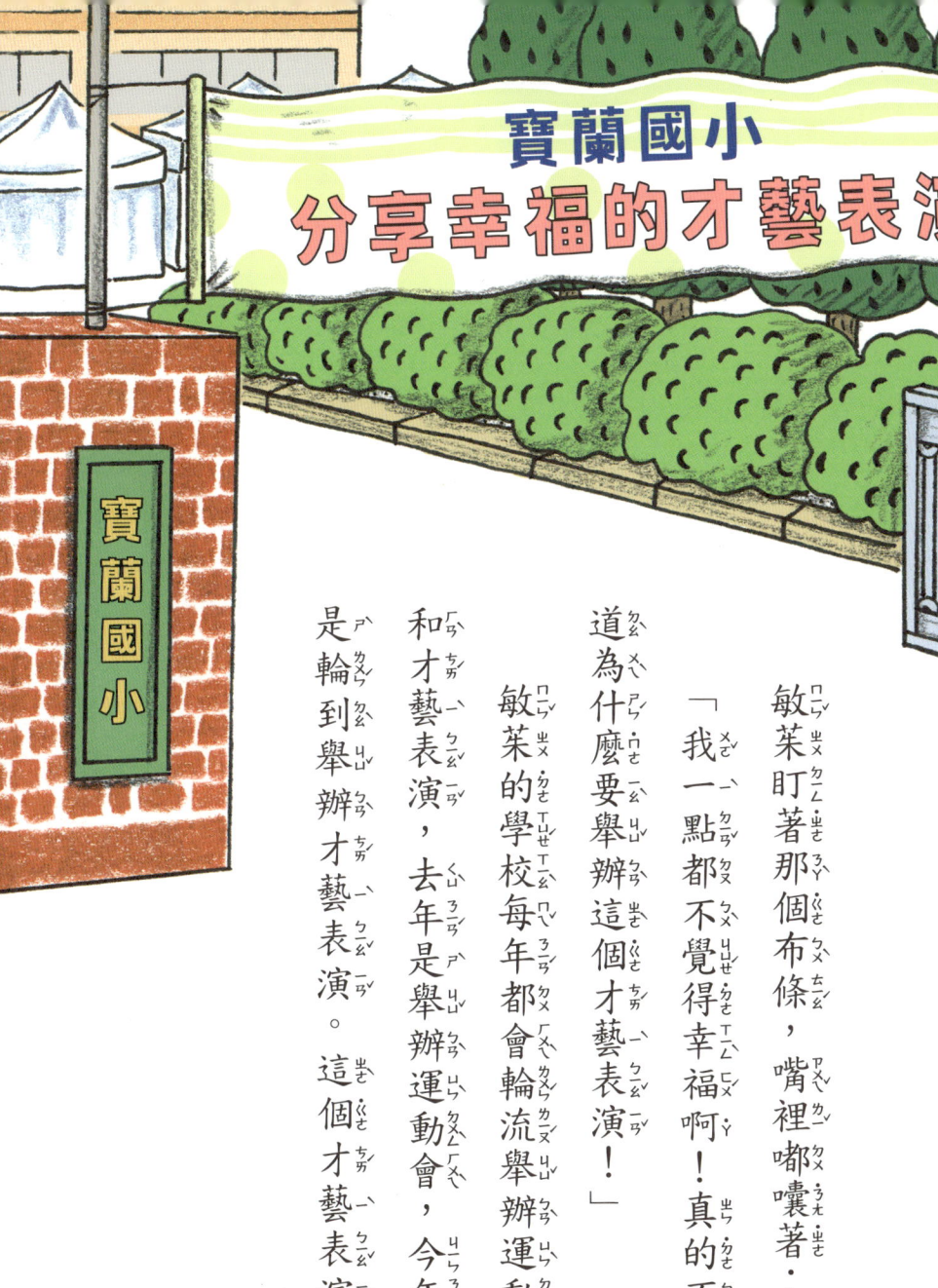

了會舉辦各種活動，還會展示同學們的繪畫創作，同時也會邀請家長們前來欣賞。有一些活動會在教室內進行，有一些則是在禮堂舉辦，運動場上也會有各種體驗活動。因此，不管是同學們還是爸爸媽媽們，大家都相當期待，只有敏茱除外。

敏茱想起不久之前，媽媽邊吃早餐邊說的話：

「敏茱，爸爸媽媽為了出席這次的才藝表演，都特別跟公司請了假，妳一定要好好表現，不要太緊張啊！我們的女兒最棒了，加油！」

媽媽非常大聲且用力地喊加油，同時還親了親敏茱，但是敏茱一點兒都不覺得開心。她甚至在想，如果媽媽和爸爸都不能來的話，會怎麼樣？她可能會有點難過，但是心情絕對不會像現在這麼沉重。

「我也想把自己最棒、最好的樣子展現給媽媽和爸爸看……。」

敏茱雖然這麼想，但卻一直聽到心底傳來洩氣的聲音。因為跟其他同學相比，她覺得自己並沒有特別厲害的地方。而且光是想到要站在許多人面前，她的臉就開始變紅，心也怦怦地跳。這種緊張的心情，就好像站在非常高的鋼絲上。她在小學一、二年級的時候還不會這樣，不知道為什麼慢慢地就變成現在這個樣子了。

「哎呀，煩死了！我為什麼會這麼笨！」

敏茱真的想敲打自己的頭十次，不，是一百次，但最後還是忍了下來，因為身旁還有其他同學。她不懂大家在開心什麼，臉上都掛著笑容的走進校門。不知怎麼地她有點羨慕大家，但又有點不大開心。她噘著嘴，左右晃動著身體。

不久之後，敏茱拖著沉重的腳步走到運動場，她看到運動場的另一邊聚滿了同學，那個地方展示的是她們班的作品。

「哇啊！這幅畫真棒。」

「跟其他人的作品完全不同。」

敏茱即使沒有走過去看，也知道那是誰的作品。在她們班上，只要提到繪畫，沒有人比寶拉厲害。或許是因為寶拉的畫上散發出類似燈光的光亮感，敏茱想到自己暗淡的畫就更加愁眉苦臉了。敏茱對自己一點都不像設計師媽媽那樣厲害感到失望。想到媽媽會來看才藝表演，她比平時更加努力地畫畫，但是跟寶拉的畫相比，她的作品就像是不經意的隨手塗鴉而已。她避開正在七嘴八舌的同學們，把注意力轉移到其他地方。

運動場上已經有好幾個體驗學習的攤位正在如火如荼地準備著。放學之後，在各個教室還會有組裝機器人、遙控飛機、樂高等體驗攤位。敏茱還看到有迷你桌球和桌遊的攤位，甚至還有販賣簡單輕食、做臉部彩繪的攤位。敏茱原本漫無目的的東張西望，突然視線瞬間被定住了。

在一片用白色帳篷搭建起來的攤位中，有一個花花綠綠的攤位

非常顯眼，看起來就像遊樂園裡會有小丑跳出來的攤位。

不過不管敏茱怎麼看，都沒有看到標示牌，無法得知這一個攤位究竟可以體驗什麼。

而且感覺還沒有準備好的樣子，門簾還遮掩著，讓人無法看到裡面。

「那裡是做什麼的呢？」

就在敏茱歪著頭思考的時候，原本帳篷上垂掛的簾子因為裡面有風刮起，稍微被掀開了一點點。漆黑的裡面好像有什麼東西在閃著光，敏茱感覺那個光好像在呼喚著自己。她嚇了一跳，趕緊看了看四周，但周圍好像沒有什麼異狀。她咕嚕一聲吞了吞口水，然後開始一步一步地往帳篷移動。

敏茱在帳篷前面稍微緩了口氣，然後把耳朵靠過去，但聽不到任何聲響。她原本打算就這樣離開，但還是非常想知道那個閃閃發光的東西是什麼。於是她掀開帳篷，慢慢地走了進去。

「天啊！」

帳篷裡放滿了鏡子，這些數不盡的鏡子，照出了數不盡的敏茱。敏茱好像知道那個閃閃發光的東西是什麼了。她輕輕地舉起了手，鏡子內的無數個敏茱也舉起了手。她輪流抬高腿，也是出現相同景象。

「這是體驗鏡子屋嗎？」

因為放滿鏡子的關係，即使敏茱發出很小的聲音，也聽得到回音。她走向放在中間位置的一張小桌子，當她在桌子前停下來的時候，就聽到不知道從哪裡傳來的一陣聲響，那個聲音就像是從深井中傳來那樣地嗡嗡作響。

「快點過來！」

當敏茱睜大眼睛，猶豫不決的時候，那個聲音再次出現。

「不要害怕，我只是聲音而已。」

聽起來不像男生的聲音，也不像女生的聲音。像是風聲，也像水聲。如果聲音有顏色的話，應該是非常鮮豔的藍色。

「妳不喜歡自己吧？」

「什麼？」

敏茱嚇得反問的瞬間，發生了一件奇怪的事情。

唰嘩嘩嘩！

不知道從哪裡冒出來的卡片掉落在小桌子上，並且排列得很整齊。同時卡片被蓋起來了，所以無法知道是什麼卡片，卡片的背面畫滿彎彎曲曲的奇怪圖紋。

「選一張卡片吧！」

「卡……卡片，要我選一張卡片嗎？」

敏茱結結巴巴地喃喃自語。

「選出妳想要的妳！」

感覺有人正在監看敏茱，不然就無法解釋現在這個情況。就在敏茱猶豫的時候，她再次聽到那個聲音。

「想想妳最想成為的那個人，就知道怎麼選了，想想那個人的名字吧！」

敏茱突然想到在才藝發表時，有一個表演魔術的同學，不管怎麼洗牌，他都可以準確選出對方心中所想的卡片，敏茱突然覺得這

裡說不定放學後就會變成魔術體驗攤位。如果是這樣的話，那就沒必要疑神疑鬼的了，敏茱開始苦惱要選擇成為哪個人。

「既然如此，我要選非常想變成的人。」

不過，她一時之間想不到任何人選。突然，她的腦中閃過不久前在運動場上發生的事情。

「沒錯！寶拉，變成寶拉好了！」

她內心吶喊著，同時從越來越多的卡片中選出一張，然後趕緊把卡片翻過來看。

「哇啊！」

她忍不住發出讚嘆聲，因為卡片上栩栩如生地畫著她想到的寶拉的模樣。敏茉對自己選的

卡片感到好奇，反覆看了一次又一次。

就在這時候，原本在她手中的卡片瞬間漂浮到空中，然後就像被吸走似的，飛進鏡子裡消失了。與此同時，鏡子內的敏茱也開始快速產生變化。她穿著和寶拉相同的短褲，頭髮也變捲了。雖然她的臉沒有變，但是頭髮上

綁的紅色髮夾也都變得跟寶拉相同。

敏茱看著鏡子中的自己，看得眼珠子都快要掉出來了，她急忙地看看自己的身體。

「還……還是原本的樣子呀！」

跟鏡子中的自己不同，現實中的敏茱根本完全沒有改變。她還是穿著原本的T恤和牛仔褲，髮型也還是原本的短髮。她歪著頭，小心翼翼走到鏡子前面。

敏茱目不轉睛地盯著鏡子看，鏡子內的無數個敏茱也同樣目不轉睛地看著她。她內心一驚，突然感到害怕，脖子後側感到一陣涼意，直起雞皮疙瘩。她像是看到怪物般，大聲喊叫著往外跑。

「啊呀呀！」

變得不同的「我」

敏茱臉色蒼白跑向正在嬉鬧的同學們。運動場上一眼看過去，已經比剛剛聚集更多人了，作品展示臺前也圍滿了人。看到大家並無異狀，敏茱也因此稍微放心了。

「大……大家！那邊的鏡子……。」

就在敏茱想把剛剛遇到的奇怪事情通通說出來的時候，有位同學提高音量說：

「蘇敏茱在那裡！」原本鬧哄哄的同學們全都望向敏茱，還發出了歡呼聲。

「哇哇！太厲害了！」

「太帥了！太強了！」

同學們拍手歡迎敏茱，敏茱完全不知道這是什麼情況，一頭霧水地走向同學。班上的同學走過來跟她說：

「敏茱，恭喜妳！」

「啊？什……什麼？」

「妳還沒有聽說嗎？妳的作品在校內美術大賽中獲得第一名。

聽說這是第一次有低年級的學生獲得第一名。」

敏茱不可置信地說：「什麼？是不是哪裡搞錯了……。」她說著說著，突然停了下來。她看到作品展示區上掛著寶拉的畫作，但是下面卻理所當然似地貼著「蘇敏茱」的名牌，然後畫作旁邊還有貼著「頭獎」的獎牌。敏茱趕緊去看看原本自己的畫作，沒想到那幅畫作上貼的是「尹寶拉」的名牌。敏茱眼前一陣白，感到天旋地轉。

「這……這是怎麼一回事？」

同學們將不知所措的敏茱團團圍起，不停地對她問東問西。有些同學表示很羨慕，也有些同學問敏茱要怎麼練習才能畫得那麼好，還有人問她是去哪裡學畫畫的，問題五花八門。敏茱聽到這些話之後，心情慢慢地越變越好，甚至產生了說不定寶拉的畫作真的就是她親手畫的錯覺。

雖然覺得對不起寶拉，但是她內心的某處悄悄地冒出「如果這是真的該有多好」的想法。不過她隨後想到，等老師或寶拉來了之後，馬上就會說出這幅畫的真正主人是誰。

敏茱稍微苦惱了一會兒後，惋惜地說：

「同學們，這不是我的畫。」

這時候，有人拍了拍她的肩膀。原來是寶拉，寶拉笑著說：

「敏茱，妳怎麼可以說這樣的話？妳是因為太開心了，所以才這樣說的吧？」

寶拉調皮地對敏茱翻了翻白眼後，挽住了她的手臂。

「恭喜！蘇敏茱！妳怎麼這麼會畫畫？我就知道妳一定會得

到大獎。」

寶拉像是自己得獎似的，也為敏茱開心。敏茱默默地看著寶拉，心想她看起來不像是在說謊，也不像在跟她開玩笑。敏茱傻傻地站在原地，寶拉把她的手臂挽得更緊後說：

「快走吧！老師說在才藝表演開始之前要做最後的彩排，叫我們早點過去。」

敏茱被寶拉牽拉著，搖搖晃晃地走向教室，她一路上都在想著老師之前說的話。

「大家所有的準備都必須在爸爸媽媽來之前完成。」

就在她們要從後門走進教室的時候，寶拉突然看著敏茱的臉，敏茱一臉狐疑。

「怎麼了？我臉上沾到什麼了嗎？」

敏茱用手到處摸了摸自己的臉，但是寶拉雙眼發光地說：

「不，不是妳的臉，而是妳的髮夾！」

「髮夾？」

「妳頭髮上的蝴蝶結髮夾，我好像在哪裡看過。」

平時沒有戴髮夾習慣的敏茱，一時之間還意會不過來，但隨即她突然想到什麼似的，趕緊跑到鏡子前。

「天啊！」

敏茱從嘴裡發出尖銳的聲音。就跟她在鏡子屋裡看到的一樣，寶拉的蝴蝶結髮夾真的就戴在她的頭上。

「選出妳想要成為的人……妳只要誠心地想著那個人的模樣……想著那個人的名字……。」

敏茱在鏡子屋裡聽到的聲音在她腦海中像波浪般翻湧著。她現

在總算有點明白了，為什麼寶拉的畫作上會貼著她的名字，為什麼她會突然代替寶拉變成很會畫畫的人，敏茱對寶拉感到抱歉。

「敏茱，妳以為我是要搶走妳的蝴蝶結髮夾嗎？妳那是什麼表情？」

寶拉像是在叫她不要擔心似地咯咯笑了。

這時候，老師走進了教室。老師告訴敏茱這次獲得頭獎的消息，還說這屆會是特別開心和有意義的才藝表演大會。老師和同學們瘋狂地稱讚她，讓她像是吃了巨大棉花糖，心情變得甜滋滋的。

「下課後我要去鏡子屋確認一下，到底是怎麼一回事……。」

敏茱並不討厭現在的情況，反而內心充滿悸動和滿足。

不久之後，老師叫同學們做好最後準備，將座位排列整齊。薩琳被叫到黑板前，才藝發表會的第一場是由敏茱班上的薩琳擔任主持人。薩琳是班上最勤勞的學生，她課業成績好，隨時隨地都閃閃發光，是一個充滿自信的人。所以在挑選主持人的時候，班上的同學們都不約而同推薦薩琳。即使是現在，薩琳看起來也一點都不緊張，反而非常享受站在眾人面前。

「如果要我當主持人，我說不定會拒絕。」

敏茱覺得薩琳非常厲害，同時也很羨慕她。因為敏茱即使跟同

組的同學一起做個小表演都會緊張到發抖，沒自信的她和薩琳相比，簡直是兩個不同世界的人。

敏茉往外頭一看，走廊上已經來了好幾位家長。她突然感到呼吸困難，心臟開始撲通撲通地狂跳，咚咚咚的內心鼓聲越來越響。

「又開始了，好煩！」

突然之間，她好像按到電源開關似的冒出一個非常棒的點子。

她舉手跟老師說要去一下廁所，然後用盡全力往運動場方向跑。

「剛剛發生的事情，如果可以再發生一次該有多好！真的只要再一次就好！」

最棒最好的一天

其他體驗學習的攤位好像都準備得差不多了，但是那個花花綠綠的攤位前面依舊沒有什麼動靜。敏茱覺得這樣反而比較好，她就像是要做壞事般，偷偷摸摸地走了進去。她四處看了看鏡子之後，馬上就走到了小桌子前，但她不知道該怎麼做，於是陷入了思考，這時候她聽到某個地方傳來一個聲音。

「快點過來，看來妳還是沒有很滿意妳自己吧？」

敏茱才一點頭，那個聲音就繼續說：

「好，選出妳想要的自己吧！」

眨眼之間，新卡片唰嘩嘩嘩出現在桌面上，整齊展開。敏茱反覆思考後，開始誠心誠意地祈禱。

「薩琳！我想變成像薩琳那樣聰明，並充滿自信！」

說完之後，敏茱選出了一張卡片。

不久之後，鏡子內的敏茱就快速地產生變化。她穿上了白色罩衫，搭配端莊的裙子，同時也戴上圓型鏡框的紅色眼鏡。鏡子中無數個變成薩琳的敏茱都默默地看著她，敏茱雖然感到有點驚嚇，但是不像之前那樣害怕了。當然她也沒有逃走，反而小心翼翼地檢查自己的身體。看起來很多地

方都沒變，但不知道為什麼頭髮上的蝴蝶結髮夾還在。

還有一個地方明顯改變了，她推了推薩琳常戴的紅色眼鏡，微微地笑了。

當她剛走到中央玄關，就看到同班同學們氣喘吁吁地跑過來。

「蘇敏茱，妳去哪裡了？我們還去廁所找妳……」

「喔？我……。」

同學們等不及敏茱把話說完，馬上著急地插話說：

「老師叫妳快點過去！主持人遲到的話，可該怎麼辦？」

「主……主持人？」

看到敏茱還在那邊磨磨蹭蹭，同學們拉起她的手快步地走。

由閃亮亮的色紙和氣球裝飾的教室充滿了慶典的氣氛，同學們坐在教室兩側，家長們則是坐在教室後的椅子上，大家都在嘰嘰喳喳地聊天。不知道何時抵達的爸爸和媽媽開心地跟敏茱打招呼，敏茱也稍微對他們揮了揮手。這時候，其他家長們傳來竊竊私語的聲音：

「她就是這次美術比賽上獲得頭獎的那個孩子吧？」

「對，她不僅很會畫畫，聽說還相當聰明，每次考試都是滿分。」

「甚至連今天的主持人也是她，看來是真的很精明能幹。」

這些悄悄話雖然很小聲，但是敏茱的耳朵就像是安裝了助聽器，聽起來超級清楚，這讓敏茱有點得意洋洋，甚至有點自以為是了。仔細一看，媽媽和爸爸心情似乎也好到嘴角上揚，看到他們這麼開心，她就更加自豪了。

她決定選擇薩琳卡片的時候，只是希望自己站在舞臺上可以充滿自信、不會發抖。擔任才藝表演的主持人，是她做夢也想不到的事情，而且連帶著還把她變成一個功課很好的人！

「哇啊！太了不起了！」

敏茱現在的心情就像生日當天早上已經收到許多美味的食物和禮物，但在睡覺前還收到另一份超級大的禮物。她想起書桌的抽屜角落，偷藏了好幾張分數無法拿給媽媽看、已經變得皺巴巴的考卷。

「現在我再也不用擔心了，呵呵。」

敏茱好不容易才忍住不讓自己笑出聲來，即使現在突然長出翅膀飛上天空，好像也不會像現在這麼快樂。

「這都是托鏡子屋的福。」

敏茱來回摸著髮夾和眼鏡，也偷偷看了一眼寶拉和薩琳，她們兩人看起來毫無異狀地嘰嘰喳喳聊著天。

「雖然很對不起她們，但是幸好她們都沒事。」

就在敏茱內心感到放心的時候。

「敏茱，妳沒事吧？」

敏茱點了點頭，老師拿出一張寫著才藝表演進行順序的紙。

「妳本來就做得很好，只要根據練習時那樣做就可以了，知道嗎？」

敏茱調整一下眼鏡後，回答老師「是！」。既然有了這樣的機會，她一定會好好表現的。敏茱感覺自己好像可以像某人那樣幹練。神奇的是，敏茱就像從很久之前就是真的薩琳那樣，一點也不會感到緊張，也聽不見之前在胸口響個不停的煩人鼓聲，她臺風穩健地走到麥克風前面。

「大家好，我是三年一班的蘇敏茱，今天才藝表演……。」

她鏗鏘有力的聲音充滿整間教室。

才藝表演結束後，她獻上了致詞，教室內充滿了歡呼聲和掌聲，還有許多家長們甚至站起來鼓掌。敏茱感覺這些掌聲都是為了她而響。她今天不只是擔任帥氣的主持人，還跟同組的同學們合唱，跟其他同學一起演的情境劇也比其他組好上好幾倍。她那平時常常沙

啞的聲音，不知道為何也變得非常宏亮且清晰。不僅如此，她在某位同學準備的「機智問答」中，即使遇到超難的題目也可以很快地猜對答案，因此收到了最多禮物。

「哎呀，我們的寶貝女兒到底是像誰，這麼漂亮又聰明？」

媽媽邊揉捏著敏茱的兩頰，邊用鼻音說話。爸爸趕緊撫摸著她的頭說：

「還能像誰？當然是像我！」

敏茱的心情好極了，一直發出笑嘻嘻的聲音。

不只是媽媽和爸爸，就連朋友們和老師也一直稱讚敏茱。收到這麼多讚美的敏茱，覺得自己即使好幾天不吃東西也相當飽足。

「如果每天都舉辦才藝表演就太棒了！」

敏茱緊緊地抱著花束和禮物，很想對著天空大聲呼喊：「今天是最棒的一天！」

有點胖胖的我，該怎麼辦？

接著敏茱趕緊移動到禮堂隔壁的準備室，因為接下來還有一場表演。才藝表演的第二場是在禮堂舉行，分成低年級和高年級。可以表演班級自己準備的節目，也可以表演課後學習的才藝。

敏茱也會上臺表演，之前在媽媽的建議下，她開始學習K-pop舞蹈。這個學期一開始，某天放學後，正在仔細閱讀申請表的媽媽，突然睜大眼睛把她叫過去。

「敏茱，這個根本就是為了妳而開設的課程！不只能學跳舞，還可以減……真的太好了！」

媽媽的話說到一半，突然變得支支吾吾，但敏茱知道媽媽想說什麼，因為媽媽總覺得敏茱如果能夠再瘦一點就好了。

敏茱當時馬上就拒絕了媽媽的提議，因為一想到運動，而且還是要配合音樂扭動身體的舞蹈，她就感到厭惡。不過在媽媽的強力「建議」之下，不，其實是媽媽同意買給她想要的東西，她才勉強答應的。

今天的才藝表演中，敏茱原本最擔心的就是要跳這個K-pop舞蹈了。不過，她現在覺得任何事都難不倒她，不論要做什麼，她都充滿了信心。

「這不算什麼的！」

她開心地連跑帶跳進入準備室，一起表演的同學們已經先到了，大家正在忙著準備。可能是因為老師幫大家化上淡淡的妝，也可能是穿上漂亮的舞臺服裝，大家看起來都跟平時不太一樣，每個人看起來都很美，特別是荷英最漂亮了。

荷英的身高本來就比同年齡的同學高，不僅身材窈窕，五官也特別精緻。閃閃發亮的無袖背心穿在她身上時，看起來就像是從電視機裡走出來的模特兒。就在敏茱出神地望著荷英的時候……。

「敏茱，快點過來。換好衣服之後，我幫妳化妝。」

老師把她叫了過去。敏茱一走過去，老師就拿給她一件縫滿亮片的漂亮舞蹈服裝。這是為了這次表演借來的團體服，敏茱看到這麼漂亮的衣服時，內心非常雀躍，她迫不及待地想快點穿上這件衣服，但是沒想到不久之後就出現了狀況。

「敏茱，你的衣服好像稍微有點緊，沒問題嗎？」

老師摸了摸敏茱身上的舞蹈服，有點擔心地問，敏茱則是哭喪著臉。媽媽本來期待她可以透過跳舞瘦下來，結果每次跳舞課結束後，敏茱都會吃點心，因此好像變得更胖了。老師把她轉來轉去，這邊看看、那邊看看之後，感到惋惜地說。

「怎麼辦，這是借來的衣服中最大件的了……看來只能穿這件了，可以嗎？」

敏茱不得不接受地點了點頭。但是她偷偷往下一看，可

能是因為身上穿的無袖背心相當合身的關係，讓原本就鼓鼓的肚子顯得更加凸出了，看起來就像是一口氣吃掉一整顆西瓜，她趕緊用雙手遮住肚子。但當她深深吸了一口氣後，短裙下的屁股就更加明顯了，看起來比其他同學還要大上兩倍。

「我……我不想表演了！」

敏茱嘆了口氣，鬼鬼祟祟地躲到角落，她不想讓其他人看到。跟其他正在開心嬉鬧的同學不同，只有敏茱像是身處在寒冷的北極，心情冰冷不已。明明在不久之前她覺得自己幸福得像是擁有了全世界。敏茱看著荷英喃喃自語：

「真的好羨慕，如果我也這麼纖瘦和漂亮的話，該有多好？我為什麼這麼醜又這麼胖……。」

她的腦中突然「啪！」地冒出了火花。

「對喔！我都已經選兩次了，對吧？」

當然也可以選第三次吧？敏茱的心開始焦急起來，她對老師說謊，說要去禮堂看一下媽媽再回來。然後她快速地脫下舞蹈服，跑向運動場。不過，當她越接近花花綠綠的帳篷時，內心就越沉重。

「這次有可能不行……」因為跟選寶拉或薩琳的時候不同，這次她即使選了荷英，外貌應該也不可能輕易改變。她總覺得那是非常、非常困難的事情，敏茱小心翼翼地掀開了帳篷。

她才剛走到桌子前，那個聲音就又出現了。

「看起來妳還是不喜歡妳自己，又要重新選擇自己了嗎？」

「對！」

她急切地回答後，桌面上就出現了一整排的卡片。她在內心呼喊著荷英的名字，同時想著漂亮纖瘦的荷英。她擔心這次無法實現心願，又多喊了十次、二十次，最後才慎重地選了一張卡片。卡片上是穿著粉紅色連身裙，長髮披肩的美麗荷英，正是她常常看到的荷英的模樣。

　　不久之後，被敏茱選出來的卡片飛進鏡子中消失了。敏茱開始睜大眼睛看著，因為她想清清楚楚看到鏡子內的自己是怎麼改變的。

　　「真的會變……嗎？」

　　敏茱擔憂地看著鏡子，不知不覺中她看到無數個穿著跟荷英相同衣服、髮型也相同的自己，她趕緊摸了摸肚子。

　　「哇啊啊！」

她的肚子真的凹陷下去了，雖然有點不自然，但她的心情很好。同時，她也好奇自己的身高和臉會怎麼改變，但不是透過鏡子屋裡的鏡子，她想透過其他鏡子來確認看看。敏茱摸著身上新出現的項鍊，急急忙忙地走出帳篷。可能因為肚子瘦了，心情變得愉悅，所以她的腳步也十分輕盈，就像是走在軟軟的果凍上。

「好想快點看到！」

她飛也似地跑進廁所，她一站到鏡子前面，就完全忘記四周還有其他人，大聲地叫出聲來。

「天啊！太神奇了！個子長高了，也真的變瘦了！」

她把鼻子貼近鏡子仔細地端看自己，看著鏡子中的自己很像荷英，但也很像自己的臉，忍不住在內心自言自語。

「好像比荷英更美！」

雖然無法說出到底是哪裡不同了，但總之她非常滿意。她的臉好像發出了閃閃發亮的光芒，而且身材十分細瘦！她比之前變得很會畫畫和成績很好時更加激動。就在她左右轉身，從各個角度看著鏡子的時候。

「唉呦，妳怎麼長得這麼漂亮！」

正在洗手臺洗手的阿姨看著敏茱讚嘆地說。接著，旁邊的其他

真的好美
真的好美

阿姨們也你一言、我一語，說她長得像偶像女團的某個人，或是像某位電影演員。甚至說她將來一定會成為有名的明星或模特兒，要先跟她握手、簽名，總之讚賞聲四起。這是敏茱第一次聽到有人這樣讚美她，她有些不好意思，但同時又有點得意，彷彿有人往她體內吹氣，她的身體有種輕飄飄的感覺，她覺得自己好像可以一路飛到天空的盡頭。

敏茱心情激動地在走廊小跑步起來。

「太開心了！這樣一來，一定可以穿得下舞蹈服。好想快點去換衣服，還有化妝！」

她因為太開心，心臟噗通噗通跳個不停，這時候有人用力撞了一下她的肩膀。

「啊！」

敏茱重心不穩，差點摔倒在地上。

「唉呦！對不起。我太忙了，所以……。」

嘉熙有點高高在上的姿態，話也說得含糊不清。雖然嘴巴上向敏茱道歉，但她的表情卻是一點兒都沒有感到抱歉的樣子。不過，她也還沒有換上舞蹈服，可能是真的很忙。穿著緊身褲和T恤的嘉熙在今天的表演上擔任重要的角色，可能因為她從小就學習舞蹈的關係，所以她比其他同學更加會跳舞。即使是一個小小的動作、手勢，都能呈現出和其他同學截然不同的姿態，許多同學都羨慕嘉熙比任何一個女團成員都還會跳舞。

嘉熙突然一邊摸著手上的戒指，一邊挖苦地對敏茱說：

「蘇敏茱！妳不要一直跳錯喔！如果因為妳毀了整個表演可怎麼辦！」

看著嘉熙盡可能擺出的嘲諷臉，敏茱想起練習時有幾次跳錯，撞到了在一旁的嘉熙，這時候嘉熙就會擺出跟剛剛相同的表情，那是一種看到低等生物的表情。看到站在一旁發愣的敏茱，嘉熙譏笑

一聲後，就轉身離開了。

「哼，漂亮和聰明有什麼用？」

敏茱氣到內心燃起熊熊烈火，她的身體內好像充滿了熔岩。嘉熙走進準備室，即使已消失在敏茱眼前，但敏茱還是死盯著前方、看到眼睛都發痛了。敏茱原本要走去準備室的腳步轉了過來，她再次走向鏡子屋。

「李嘉熙，妳等著瞧！」

妳
好
妳
哼！

在這個世界上最完美的我

敏茱比其他人往前多邁出一步，然後隨著快節奏的音樂瘋狂地轉動身體。她的身體和音樂融合為一體，搭配得相當協調。敏茱感受到圍在身邊的同學都用充滿羨慕的眼神看著她，於是她連小動作也做得非常仔細。敏茱突然看到跟其他同學排成一排的嘉熙，她像是要展現給嘉熙看似地，揚起了下巴。

禮堂內充滿了激烈的歡呼聲，大家好像是在喊「敏茱，妳最棒！」因為不論是從外表或是實力來看，都沒有人比得過她。敏茱感覺到四面八方發出來的相機閃光燈都在對著她。舞臺前一堆拍照人群裡，敏茱看到了媽媽和爸爸的身影，他們開心地對敏茱比出了大拇指。敏茱站在舞臺中間自信地笑著，然後帥氣地跟大家致謝。

敏茱一回到準備室，老師就立刻抓住她的手。

「天啊，敏茱！妳比練習的時候跳得還好，妳到底有什麼不會的？」

敏茱聳了聳肩，表示這沒什麼。這時候，準備室外面傳來吵雜的聲音。原來是表演結束之後，要跟自己的孩子拍照的家長們都聚集到了這裡，敏茉也跟媽媽和爸爸一起拍照。

「敏茉，妳這麼漂亮的樣子一定要拍下來。來，妳站在這邊！」

媽媽和爸爸不停地按下相機快門，他們都感到心滿意足，而敏茉也好像等待這一刻許久似地，笑著擺出許多姿勢。就在她跟家人度過美好時光的時候……

「不好意思，您好。」

有人來到他們的身邊，對方表示因為看了敏茉的表演之後，留下深刻的印象。

「請問，妳要不要來我們經紀公司試鏡？像妳這麼漂亮，又有才華的小孩並不多。從現在開始栽培的話，未來一定可以成為大明星。」

媽媽從對方手中接過那張有名經紀公司的名片時，手抖到不行，完全不知道該怎麼辦。爸爸也是如此。周圍的同學們都發出：「哇啊！好好喔！」的喊叫聲。敏茱也感覺到心臟都要炸開了，她現在的心情就像自己已經通過了試鏡，成為了世界級的大明星，笑得合不攏嘴。

完美的我
最棒的明星
畫畫第一
美貌第一
自信心 100%
跳舞第一

才藝表演結束之後，媽媽和爸爸要去找老師打招呼並道謝。而敏茱要從禮堂的樓梯往下走的時候，身邊圍繞著許多同學。

「敏茱，妳什麼時候要去那家經紀公司？」

「敏茱，妳好美，舞又跳得很好，一定可以通過試鏡。」

「沒錯，沒錯。而且敏茱還很聰明，不論做什麼都很厲害。」

「妳變成明星之後，不可以裝作不認識我們喔，知道嗎？」

敏茱保持微笑，盡可能用最優雅的聲音回答，就像是真的明星那樣。

「不用擔心。」

同學們跟平時比起來，對敏茱更加溫柔親切，她感覺很奇妙，但是並不覺得討厭。敏茱現在很會畫畫，很會念書，又長得漂亮，就連舞也跳得很好，會被這樣禮遇也是理所當然的事情。

但就在這時候，周圍的某個人突然指著前面大聲喊：

「喔，是娜允！」

寶蘭國小　分享幸福的才藝表演大會
「真的耶，是娜允！一起走！」

同學們一窩蜂地往前跑走了，一瞬間，原地只剩下敏茱一個人。

她默默地看著被同學們簇擁著的娜允，娜允在同學們之間一直擁有最高的人氣，她從來沒有聽過哪一位同學說過娜允的壞話。所有人都稱讚娜允，不管做什麼，大家都想跟娜允一起。

「人氣？就是這麼一回事吧！」

敏茱在運動場東張西望，場上已經聚集了比剛剛還要多的人，她有點擔心。

「該不會……那裡消失了吧？」

不過跟她擔心的不同，紅紅綠綠的帳篷依然在白色帳篷之間高高挺立著，看起來就像知道她又會回來似的，而且它的前面依然沒有半個人，敏茱淡淡一笑，像高速射出的箭那樣跑進了帳篷。

鏡子內的敏茱穿著跟娜允相同的吊帶裙，頭髮也是往兩邊綁起來，她仔細觀察改變之後的模樣。之前都會多出髮夾、眼鏡、項鍊、戒指，但這次好像不太一樣。她趕緊摸了摸臉頰，她的臉頰在跟娜允相同位置上出現了一樣的凹陷。

「我長出酒窩了！」

敏茱抿嘴笑著，打算快點走到帳篷外。從現在起，她也像娜允那樣擁有了高人氣，那麼在這個世界上應該再也沒有人值得羨慕了，她想趕緊走到人多的地方確認這一切。

不過敏茱突然想到要確定某個事情，她再次走到桌子前，然後小心翼翼地開口問：

「那個……帳篷會在這裡開到什麼時候？該不會……才藝表演結束之後就會消失吧？」

「有可能喔！」

敏茱露出遺憾的表情，說不出話，那個聲音再次嗡嗡響起。

說不定會慢慢失去重要的東西。

「怎麼了嗎？妳又想重新選擇自己嗎？」

敏茱仔細想想之後，揮了揮手。不管再怎麼想，她都不需要再來到這個鏡子屋了。

「在這個世界上，應該沒有人比我更完美了！」

她在心中笑著，打算轉身離開的時候，那個聲音像是偷窺了敏茱的內心似地再次響了起來。

「完美不見得都是好的，說不定會慢慢失去重要的東西。」

「重要的東西？那是什麼？」

「我也不清楚……。」

敏茱聳了聳肩膀，她覺得不管答案是什麼都無所謂。她已經成為這麼優秀的自己了，應該不可能還會發生什麼苦惱的事情了。

接二連三的災難降臨！

敏茱像是在天空中飛舞那般，在運動場上蹦蹦跳跳，同學們紛紛過來跟她搭話。

「敏茱，妳要吃冰淇淋嗎？我特別為妳多買了一個。」

「敏茱，妳等等結束後要做什麼？要不要來我家玩？」

「敏茱，敏茱，妳下星期要來參加我的生日派對嗎？如果妳能來就太好了。」

同學們都爭先恐後地想挽著敏茱的手臂。看著為了她吵鬧的同學，敏茱感覺到自己彷彿真的成為人氣王，她的心情夢幻到覺得全世界正為了她放煙火。

「哇啊！真的、真的太棒了！好希望時間停留在這一刻！」

當她沉浸在幸福的感覺中時，這時候有位同學出神地看著她。

「敏茱，妳為什麼一直在挖鼻孔？」

「嗯？我嗎？」

這樣說來，敏茱才發現鼻子從剛剛就覺得很癢，感覺鼻子裡被什麼大東西卡住似的。敏茱裝做沒事，笑著對同學們說：

「我們去做臉部彩繪吧？」

如敏茱預期的那樣，同學們一口答應她的提議，並且催促著她快點走。

在體驗攤位前面排隊的大家，嘰嘰喳喳地討論要在臉上畫什麼圖案。許多同學選擇可愛的卡通人物、美麗的花紋或貓咪的鬍鬚。

敏茉也認真地想著要畫什麼，她很久之前就想試試看臉部彩繪了。快輪到敏茉的時候，攤位上有個人皺著眉頭說：

「喂，同學，妳長得這麼漂亮，為什麼一直挖鼻屎？很髒耶！」

敏茉被這麼一說，嚇了一大跳，原來她不知不覺中一直在挖鼻孔。她趕

緊把手指頭從鼻孔內抽出來，手指末端還黏著一大塊鼻屎，她想都沒想就直接擦在衣服上。同學們都皺著臉，大叫了起來。敏茱的臉瞬間漲紅了，連臉部彩繪也不做了，她趕緊逃離現場，快步跑到運動場角落的長椅旁。

「天啊，太丟臉了，我為什麼會做我之前都不會做的事情呢？」

敏茱繃著臉，噘起了嘴，開始四處張望找尋媽媽爸爸的身影。不過人實在太多了，不大容易找到他們。她猛然想到爸爸剛剛有說過，晚一點相約在無人機體驗攤位見，於是她趕緊查看每個攤位上掛的宣傳布條。

「好奇怪……。」

她揉了揉眼睛後，再用力一看，遠方的字體依然模模糊糊的。

「為什麼會這樣？我之前從來都不會……。」

瞬間她想到了薩琳戴的紅色眼鏡。薩琳之前說自己看不到黑板上的字，所以才開始戴眼鏡。敏茱趕緊從書包內拿出眼鏡，她在上臺表演舞蹈前，在換衣服的時候，順便把從鏡子屋裡得到的東西都放進了書包。

「現在總算可以看清楚了！」

她不大習慣地推了推鏡框，她突然歪著頭想，覺得好像哪裡怪怪的。

「除了像薩琳那樣聰明，就連視力也變得像薩琳那麼差嗎？那麼，其他人……。」

敏茱發現頭髮不知道為什麼突然通通豎立起來，她急急忙忙地從包包內翻找東西。

「吼，我知道我為什麼會想挖鼻孔了！」

她把快要掉下來的蝴蝶結夾緊，同時想到寶拉常常挖鼻孔，忍不住苦笑了一下。敏茱突然開始擔心自己會不會

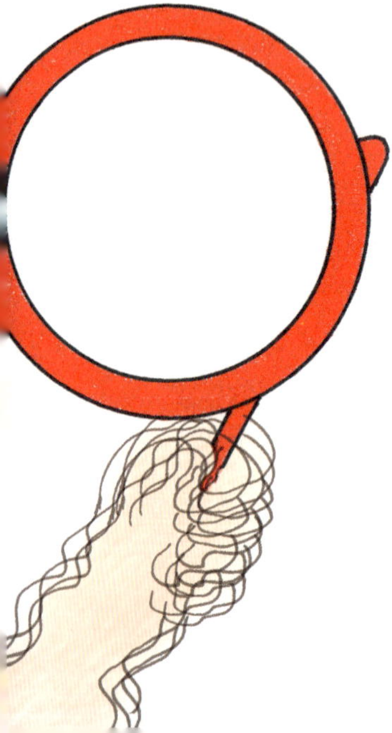

承接了荷英、嘉熙、娜允的所有缺點。她試著回想她們的缺點，但不論她怎麼想，都想不起來。她生氣地盯著花花綠綠的帳篷後，決定往前走。

「什麼呀？煩死了！連這種事也要像……。」

正當她氣呼呼地想走去帳篷裡問個清楚的時候。

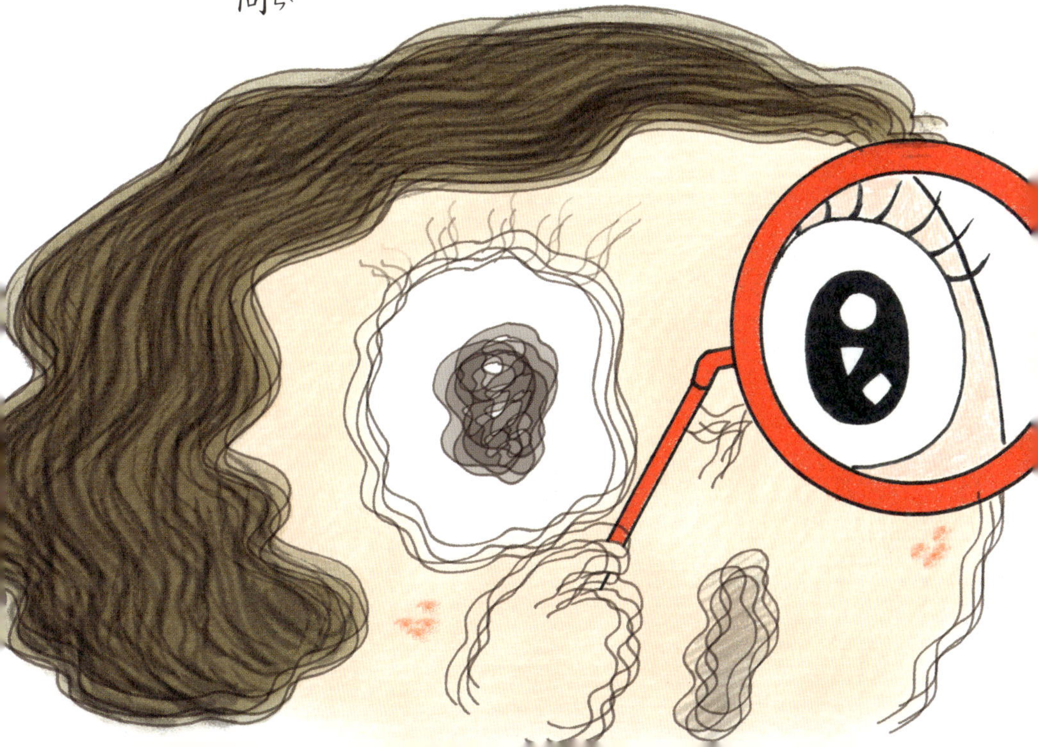

「敏茱！原來妳在這裡。看妳都沒有出現，我們找妳找了好一陣子！」

媽媽和爸爸不知道何時也來到這裡，旁邊還有剛剛原本一起排隊做臉部彩繪的同學們。

「是同學們幫忙才找到妳，真的非常謝謝大家。」

媽媽輕拍著同學們的肩膀道謝，大家也像是表示認同似地笑著。不過，敏茱的耳朵無法聽到媽媽說的話，她只看到同學們臉上畫好的漂亮彩繪圖案。她看著看著，內心突然沒來由地有股火冒了出來。

「喂，你們以為畫上彩繪就變得比較美喔！哼！」

敏茱噘著嘴對大家冷嘲熱諷了一番，同學們的臉色馬上就變了。嚇了一跳的爸爸，立刻制止她。

「敏茱，妳怎麼可以這樣說話！」

「為什麼不行，我又沒有說錯！他們連我的腳尖都比不上……。」

敏茱趕緊摀住自己的嘴巴，她突

然意識到，這是嘉熙曾經說過的話，她那張扭曲的臉彷彿出現在眼前。

「糟糕！我現在變得像嘉熙那樣……。」

就在敏茱陷入慌亂的瞬間，嘴巴又不自覺地繼續說出不堪入耳的話……。

「喂，剛剛你給我的冰淇淋是我這輩子吃過最難吃的。還有我為什麼要去你家參加生日派對？你以為我跟你很合得來嗎？」

敏茱雙眼睜得大大的，更加用力地摀住自己的嘴巴。敏茱趕緊跑出校門，因為她害怕繼續待在原地又會說出什麼惡毒的話來。

跟著她跑過來的媽媽和爸爸狠狠地斥責了她好一陣子，這好像是敏茱第一次看到他們這麼生氣。她也真心覺得自己做錯了，因為她也曾經經歷過那些事情，所以她知道那些話是多麼地傷人。媽媽把手放在她的肩膀上問道：

「敏茱，妳發生了什麼事情？妳以前不論跟朋友們做什麼都很

開心，為什麼會說出不像妳會說的話？」

媽媽看著說不出話來的敏茱，歪著頭繼續說：

「就連朋友們給的糖果都會好好珍惜的敏茱，今天真的有點奇怪……」

鏡子屋裡發生的事情在她的嘴巴內打轉，但是她總覺得不能把這件事情說出來，所以她一句話也沒說，只是低著頭。

爸爸看著敏茱不發一語、垂頭喪氣地走著，為了轉換氣氛，開口說：

「好了，為了慶祝我們敏茱在才藝表演上出色的表現，我們一起去吃『Sky Buffet』，如何？」

「真的嗎？」

敏茱抬頭開心地問。因為「Sky Buffet」是她最喜歡的餐廳，感覺全世界最美味的食物都在那裡了。不過因為太貴了，所以只有在特殊的日子才會去。哇啊！敏茱光是想到就開始流口水了。

她哼著歌曲，在自助餐廳內手忙腳亂地走來走去。她把食物堆得像高塔般尖尖聳立，但是她吃沒幾口，就開始用叉子把食物翻來翻去。爸爸覺得奇怪地問她：

「敏茱，妳怎麼了？妳應該還沒吃飽吧？肚子不舒服嗎？」

她像是擁有了全世界的煩惱似地重重的低下頭。

「這樣完全不像妳，為什麼這樣玩食物？不論怎麼樣，都不能浪費食物，我們敏茱以前不是最珍惜食物的嗎？」

敏茱深深地吸了一口氣，要哭不哭地說：

「我也想吃啊，但是……我也討厭吃東西……。」

「妳在說什麼？」

「我也不知道！我好想、好想吃，但同時也討厭吃！煩死了！我討厭荷英！」

敏茱原本一直忍耐著的情緒，一下子爆發出來了。

這真的是我嗎？

敏茱像是失去了最珍貴的寶物那樣，哭得一塌糊塗。媽媽和爸爸雖然一直安慰她，但她的淚水還是無法停止。敏茱因為哭得太傷心，無法好好地享用她最喜歡的餐點，就走出餐廳了。

「敏茱今天看起來太累了。對了，我有一個好方法！大家在這裡等我，我回家一趟，馬上就過來。」

媽媽看著快速跑回家的爸爸，臉上露出知道爸爸想做什麼的表情，接著對敏茱說：

「啊哈！等等妳就會忘記自己什麼時候哭過，開心地笑出來喔！因為等等會出現我們敏茱在這個世界上最喜歡的東西。」

敏茱聽不懂媽媽說的話，只是轉動著眼珠，不過等她看到爸爸回來，馬上就明白了，因為她看到爸爸帶著蹦蹦跳跳的白白出現。長得像棉花糖的小狗白白，和敏茱一起生活一年了。當媽媽和爸爸非常忙碌的時候，幸好有白白的陪伴，讓敏茱不會感到寂寞。

敏茱會和白白一起玩捉迷藏，一起玩球，一起滾來滾去，一起聊天，和白白在一起的敏茱，覺得自己是全天下最幸福的人，她的

嘴角也馬上展開了笑容。

「白白！」

敏茱展開雙臂跑了過去，白白也用力地搖著尾巴，但是在她抱起白白的瞬間，發生了奇怪的事情。

她突然對白白感到害

怕，原本白白可愛的臉，現在看起來好像出現了非常大且尖銳的牙齒，那個牙齒感覺要把敏茱一口咬住，敏茱飛也似地逃跑了。即使媽媽和爸爸大聲地呼喊她，她依然頭也不回地往前跑。

她趴在便利商店前的褪色遮陽傘下面，感到相當痛苦難受。敏茱突然像嚴重暈船那樣，感覺肚子很不舒服。她的思緒也開始變得混亂，感覺所有事情雜

亂無章地纏繞在一起。她咬緊嘴唇，馬上站了起來。

「所有的缺點我都可以忍耐！挖點鼻屎、口出惡言又如何？同學們想說我什麼，就讓他們說！而且如果不能吃很多美食，就會變瘦，反而更好！但是不能跟白白玩讓我有點傷心……。」

一想到白白，敏茱開始有點想哭了。會害怕狗狗的娜允真的讓人太生氣了。一度快說不出話來的敏茱，突然腦海中刻有文字似的，一字一句地說出完整的句子：

「沒關係！現在我長得漂亮，又很會念書，而且還很會跳舞和畫畫！我相當受歡迎！我已經不是之前的那個我了！大家都非常羨慕我，我高興都來不及了！」

敏茱回想起同學們羨慕地對她說的話，還有大人們對她露出的稱讚眼神，努力讓自己笑起來。而且接下來她還要去經紀公司面試，不久之後還會有考試，為了得到好結果，她下定決心必須忍耐著。

就在她想要離開的時候，看到便利商店的阿姨把要擺在門口的東西拿了出來。敏茱每天都會來這裡買糖果或零食，所以跟阿姨很熟。可是今天阿姨卻一直盯著敏茱看，敏茱有點不好意思地點頭打招呼。阿姨也有點不好意思地說：

「哎呀，啊，妳好。」

好像哪裡怪怪的，因為平常阿姨看到敏茱都會這樣問：

「敏茱來了呀？今天過得如何啊？」

「阿姨……為什麼會這樣？」阿姨聽到敏茱這樣問之後，抓了抓頭，露出了尷尬的表情。

「不……不好意思，妳是誰？之前好像有看過妳，但有點想不起來……。」

「阿姨，我是敏茱！」

「啊，對喔。是敏茱！是那個很有禮貌，衣服也穿得很漂亮的敏茱。真是的，我怎麼就這樣忘記了？敏茱，今天過得如何？才藝表演有順利嗎？」

敏茱點了點頭，但是阿姨依然像是感到很抱歉似地微笑著，然後她很快地走進店裡了。

「昨天有見過面，前天也有見面，為什麼今天突然變這樣？」

敏茱獨自一人喃喃自語著，突然看到兩位跟她上同一家補習班的同學走過來。敏茱為了跟他們打招呼稍微地舉起了手。但是那兩位同學彼此看了看對方之後，露出莫名的表情並搖了搖頭。他們就像遇到陌生人那樣聳了聳肩膀後，就這樣離開了。

「什麼呀？他們是怎麼了？沒看到我嗎？」

敏茱嘟著嘴說，原本打算追上去問他們，後來想想算了。

這時候從巷弄盡頭傳來媽媽和爸爸的聲音。

「敏茱呀！敏茱呀！」

那是非常焦急的聲音，敏茱心想剛剛就那樣逃跑，媽媽

和爸爸應該非常擔心。她有點抱歉又有點開心地趕緊跑過去，媽媽和爸爸也正好往她的方向走過來。她大聲呼喊他們，但是他們卻同時露出非常訝異的表情說：

「妳……妳是誰？」

瞬間敏茱的心臟好像停止了跳動，她連一根手指頭都無法動彈。媽媽和爸爸看著臉色蒼白的敏茱問：

「妳是敏茱的朋友嗎？」

敏茱快要哭出來，但只有嘴唇在顫抖著。因為她知道只要一開口，哭聲就會像暴風雨那樣爆發出來。在一旁看著她的媽媽擔心地問：

「妳沒事吧？看起來好像不太舒服。」

媽媽和爸爸看敏茱沒有回答，就急忙規勸她趕緊回家。說完，他們就快速地從她身邊經過了。敏茱看著他們轉過巷弄，消失不見的背影，感覺全身最後一絲力氣都消失殆盡了，敏茱就像空氣被抽空了的娃娃那樣癱坐在地上。

敏茱漫無目的地亂走，不知不覺走到了家附近的公園，那裡是她和媽媽爸爸常常來的地方。特別是跟白白一起散步的時候，都會來這個公園。放眼過去，每個場景都充滿了跟家人們的回憶。有一起騎腳踏車的廣場，一起手牽手散步的步道，一起坐著吃點心的草地，還有可以打水漂的小湖……。

坐在樹下的敏茱慢慢站了起來，走到湖邊，她撿起了一顆小石頭丟得遠遠的，她的心就像被打亂了的水波相當激動。

「媽媽和爸爸竟然不認得我……。」

敏茉感覺全世界崩塌了，只剩下她孤單一人，她偷偷地擦掉一直流出來的眼淚。

「我只是想要在才藝表演上好好表現……。」

沒想到事情會發展成這樣。

敏茉靜靜地看著印在水中的自己的倒影，突然好像看到了很會畫畫的寶拉、很會念書且性格爽朗的薩琳、漂亮苗條的荷英、像明星那樣很會跳舞的嘉熙，以及人氣王娜允。

「我原本以為自己選了所有人之後，我就可以變成更加完美的自己……。」

敏茱想哭但是又哭不出來，看著自己這樣不自然的的模樣。

「……這個人真的是我嗎？」

看起來不像寶拉，也不像薩琳，也不像其他同學，當然也不像原本的自己。敏茱看著水中的倒影

好一會兒，突然感覺要昏倒似地嚇得「啊！」大叫一聲，差一點就要失足掉入湖中。

「啊啊！我……我的名字是……？」

不論她再怎麼想都想不起自己的名字，就像是她原本沒有名字那樣。她的身體像被鑽了個洞，寒風直接穿過身體，全身都在不停地發抖。

「說不定慢慢地就會失去重要的東西……。」

敏茱想起自己在鏡子屋裡聽到的聲音，心想再這樣下去的話，說不定原本那個真正的自己就會永遠消失，喉嚨裡突然有股熱氣湧上來。她握緊了拳頭，拚命地跑向學校。

一路上她邊跑邊想：「我是誰……我叫什麼名字……」但是不管她怎麼想，也只有想到寶拉、薩琳、荷英、嘉熙、娜允的名字，彷彿她的腦中只有那些名字似的。

蘇敏茱，就是我！

敏茱看著空盪盪的運動場，覺得跟內心空盪盪的自己好像。幸好運動場上還有幾個學習體驗的攤位還在收尾中。她看到那個漸漸變得越來越模糊的紅紅綠綠的攤位，感覺只要再吹來一陣風，攤位就會馬上消失。

即使敏茱已經跑得上氣不接下氣，還是趕緊進入帳篷內。

「妳……還想……選自己……嗎？」

聲音斷斷續續地傳出來，敏茱趕緊點了點頭，桌上開始出現了卡片，但是不知道為什麼看起來很模糊。

「快點……想要的名字……快點想起來……。」

敏茱非常焦急，但是依然想不起來。她為了讓自己想起來，努力地跑來跑去，但是還是完全想不起自己的名字。

「那個……我想要的名字……名字是……。」

敏茱著急不已，不停地跺腳，心也感覺快要燒焦了。帳篷裡所有的東西根本不明白她現在的心情，一直在慢慢地變淡，她焦急到開始嘩啦啦地流下眼淚。

「我的名字是……我……，我的名字是……嗯……。」

就在她發抖的聲音開始轉變成哭泣的瞬間。她聽到自己內心深處的聲音，那聲音像是從井底飄出來的回音那樣嗡嗡作響。

「這是我最後給妳的禮

物……。」

如果聲音也有顏色的話，這個聲音應該是湛藍色。直到現在，敏茱好像終於知道鏡子屋裡聽到的聲音是從哪裡傳出來的。這時候，她眼前無數個鏡子開始出現了變化……。

她看到鏡子裡的自己，雖然不是人氣王，但是會跟朋友分享糖果，她很喜歡跟大家在一起時自己的模樣。

她也看到自己雖然有點醜也有點胖，但那是不論什麼都能吃得很開心且身材結實的自己。她也看到雖然在許多人面前表演會緊張到發抖，也很沒自信，但不論何時都會開朗地跟大家打招呼的自己。她還看到雖然不太會畫畫，但是懂得給開花的花盆澆水；雖然學習能力不太好，但是失敗了會自己站起來拍一拍；會和媽媽爸爸一起幫白白洗澡；看到天空有滿天星星，會感動得讚嘆不已的自己……。

雖然這些都不是什麼很特別的事情，但不知為什麼光想到這些，就讓敏茱感到滿足。她擦掉臉頰上的淚水，抿嘴笑了。

「我真的是……。」

她慢慢地走到鏡子前，輕輕地摸著鏡子內的自己。

「……現在這樣就很好了……敏……茱……。」

敏茱的心一陣暖呼呼的，她總算想起了自己的名字，這是非常重要的名字，她誠心誠意地呼喊出來：

「我想要選敏茱，蘇！敏！茱！那才是真正的、真正的我！」

敏茱慌亂地環顧著四周，不知道自己怎麼會站在一個花花綠綠的攤位前面。帳篷裡面有人看到敏茉站在門口猶豫不決的樣子，就從帳篷內走了出來。那個人裝扮成小丑模樣，手上拿著一疊卡片說：

「不好意思，我們還沒準備好。如果妳想要體驗魔術的話，可以晚點再過來嗎？」

敏茉糊里糊塗地點了點頭，然後再次環顧整個運動場，其他各種體驗學習的攤位也都還在準備中。她也看到了正興高采烈走進校門的同學們，還有她們班展示作品的地方特別顯眼。好幾

位同學聚在那裡喧鬧著，那是她早上看過的場景。她好像明白是怎麼一回事了，於是咧嘴笑著往作品展示區走過去。

她看到很會畫畫的寶拉的畫作，下面貼的是寶拉的名牌。而她自己畫得不是很好的作品，下面也貼著「蘇敏茱」的名牌，她看到自己的畫作和名字非常的開心。

「同學們，這是我的畫作。蘇、敏、茱！就是我，我呀！」

同學們都用莫名其妙的眼神看著她，但她一點兒都不在意，她高興地往教室方向跑去。

不知怎麼地，她非常期待今天的才藝表演。

作者的話

大家喜歡自己嗎？

每當我去學校或圖書館演講的時候，會遇到很多新朋友，大家的外表、長相、想法，以及生活的地方都不相同。但是有一件事情很神奇，每當我問：「大家會想選擇什麼樣的『自己』呢？」通常都會得到差不多的答案。

男生會說想要很會運動的自己，女生會說身材苗條、長相好看的自己。不分男女的話，最多的答案是很會念書、很聰明的自己。除此之外，還有很會畫畫、很會創作、很會跳舞、很會玩遊戲、很會唱歌等等。

那麼，看完這本書的大家，我想問問你們：

「會想選擇怎麼樣的『自己』呢？」

如何？是不是跟我在演講時聽到的答案完全不同呢？或者依然是差不多呢？

如果我可以許願的話，我希望你們每個人都能成為不一樣的人，特別是大家已經看完這本書的內容，應該更能明白我許下這個心願的用意，因為你們已經知道很會做什麼的自己，並不是那麼重要。

可以和朋友好好相處、玩得很開心的自己；看到盛開的花朵，懂得欣賞的自己；聽到他人傷心的故事，會難過落淚的自己；懂得幫媽媽爸爸按摩肩膀的自己；騎腳踏車摔倒還會願意練習的自己；和朋友吵架，懂得和好的自己……這些都是非常棒的自己。

在這個世界上，並沒有完美的人。我們每個人都有稍微不足的地方，但是有點不足又如何？只要接受自己現在的模

樣，盡可能愛自己就可以了。如此一來，幸福的種子就會從那個地方開始慢慢發芽。

現在請大家把雙手放在胸口，然後真心誠意地這樣說：

「我非常地棒，我為自己感到驕傲！」

喜歡孩子們笑聲的童話作家　**崔銀玉**

作者簡介

崔銀玉（최은옥）

二〇一一年獲得 Pronnibook 文學獎的新人獎，二〇一三年獲得 Bilyongso 文學獎第一名。總是努力寫出讓小朋友可以快樂閱讀的故事。著有《隨我心意選朋友》、《用書擦屁股的豬》、《用便便寫書的豬》、《閱讀書籍的狗狗萌萌》、《完全貼在黑板的孩子》、《消失了的足球》、《紅豆粥老虎和七個傢伙》、《雨傘圖書館》、《放屁紙》、《嘮叨的鯛魚燒》、《月圓之夜森林中發生的事》、《人氣王的魔法書》、《養成打嗝》、《沒有炸物和辣炒年糕的日子》、《習慣影子》等。

繪者簡介

金鵡妍（김무연）

求學時期，念的是動畫製作科系，但是自認沒有這方面的天分，所以很快就放棄了。現在專注於兒童讀物的創作。

和寵物一起生活之後，原本喜歡的黑色衣服不得不換成了灰色衣服，所以有點傷心。現在正以畫出有趣的畫和再次穿上黑色衣服為目標努力著。

畫過的書籍有《隨我心意選朋友》、《隨我心意選老師》、《我去上學了！》、《我們的新年》、《貝貝總是隨心所欲》等。

譯者簡介

劉小妮

喜歡閱讀，更喜歡分享文字。目前積極從事翻譯工作。譯作有：《願望年糕屋 1~3》、《強化孩子正向韌性心理的自我對話練習》、《隨我心意選朋友》等。

神奇許願系列

有趣的奇幻故事，解決小學生的人際煩惱

孩子在成長過程中，最在意的事情除了成績，
再來就是人際關係了。
想要擁有很多可以一起玩樂的朋友，
但相處起來卻又常常起爭執，
是朋友的錯，還是自己也有問題呢？

這本帶有想像力的奇幻故事，透過主角泰宇的視角，
從「我想要什麼樣的朋友」，
到後來自我反思「我想成為什麼樣的朋友」，
重新找到了好朋友。

★ 適讀年齡：7～12歲，適合小學生的課外讀物。
★ 文字附注音，全書約一萬五千字。
★ 內容有趣生動，可輕鬆閱讀，提升理解力。

故事館

故事館系列 070

神奇許願系列 2：
隨我心意選自己

내 멋대로 나 뽑기

作者	崔銀玉（최은옥）
繪者	金鵡姸（김무연）
譯者	劉小妮
語言審訂	張銀盛
封面設計	張天薪
內文排版	許貴華
出版一部總編輯	紀欣怡

出版者	采實文化事業股份有限公司
執行副總	張純鐘
業務發行	張世明・林踏欣・林坤蓉・王貞玉
童書行銷	鄒立婕・張敏莉・張文珍
國際版權	劉靜茹
印務採購	曾玉霞
會計行政	李韶婉・許俽瑀・張婕莛
法律顧問	第一國際法律事務所　余淑杏律師
電子信箱	acme@acmebook.com.tw
采實官網	www.acmebook.com.tw
采實臉書	www.facebook.com/acmebook01

ISBN	978-626-431-046-8
定價	350 元
初版一刷	2025 年 8 月
劃撥帳號	50148859
劃撥戶名	采實文化事業股份有限公司 104 台北市中山區南京東路二段 95 號 9 樓 電話：(02)2511-9798 傳真：(02)2571-3298

國家圖書館出版品預行編目資料

神奇許願系列 . 2, 隨我心意選自己 / 崔銀玉著 ; 劉小妮譯 . -- 初版 . -- 臺北市 : 采實文化事業股份有限公司 , 2025.08

136 面 ; 14.8X21　公分 . -- (故事館系列 ; 70)　譯自 : 내 멋대로 나 뽑기

ISBN 978-626-431-046-8(精裝)

862.596　　114007497

采實出版集團
ACME PUBLISHING GROUP

線上讀者回函

立即掃描QR Code或輸入下方網址，連結采實文化線上讀者回函，未來會不定期寄送書訊、活動消息，並有機會免費參加抽獎活動。

http://bit.ly/37oKZEa